Cree en los sueños y ellos te crearán

Cree y crea.

Albert

Albert Espinosa (Barcelona, 1973) es actor, director, guionista e ingeniero industrial, además de creador de las películas *Planta 4.ª*, *Va a ser que nadie es perfecto*, *Tu vida en 65'*, *No me pidas que te bese porque te besaré* y *Live is Life*. Asimismo, es creador y guionista de la serie *Pulseras rojas*, basada en su libro *El mundo amarillo* y en su lucha contra el cáncer, y de *Los espabilados*, basada en *Lo que te diré cuando te vuelva a ver*. También ha publicado los éxitos *Si tú me dices ven lo dejo todo... pero dime ven*, *Todo lo que podríamos haber sido tú y yo si no fuéramos tú y yo*, *Estaba preparado para todo menos para ti*, *La noche que nos escuchamos*, *Qué bien me haces cuando me haces bien*, *Cree en los sueños y ellos te crearán* y recientemente, *Cuentos para curar el alma*.
El total de su obra literaria se ha publicado en 54 países con más de 4 millones de ejemplares vendidos en todo el mundo.

Para más información, visita la página web del autor:
www.albertespinosa.com

También puedes seguir a Albert Espinosa en sus redes sociales:
Albert Espinosa
@espinosa_albert
@albertespinosapuig
@albertespinosapuig

ALBERT ESPINOSA

Cree en los sueños y ellos te crearán

ILUSTRADO POR
VERO NAVARRO

DEBOLS!LLO

Papel certificado por el Forest Stewardship Council®

MIXTO
Papel | Apoyando la silvicultura responsable
FSC® C117695
FSC
www.fsc.org

Penguin Random House Grupo Editorial

Marzo de 2026

Travessera de Gràcia, 47-49. 08021 Barcelona
Diseño de la cubierta y el interior: Penguin Random House Grupo Editorial / Yolanda Artola
Imagen de la cubierta: © Vero Navarro
Rotulación: Chelen Écija
Fotografía del autor: © David Ruano / TNC

Printed in Spain – Impreso en España

ISBN: 978-84-663-9037-8
Depósito legal: B-21.645-2025

Compuesto por Vanessa Cabrera
Impreso en Gráficas 94, S. L.
Sant Quirze del Vallès (Barcelona)

P 3 9 0 3 7 8

Prólogo

Desde hace tiempo soñaba con escribir un cuento, pero no para una edad concreta, sino para todas. Deseaba que lo pudieran leer niños, adolescentes y adultos, y que todos ellos encontrasen la forma de amar su caos en él.

Todo el mundo puede entender este cuento ilustrado, y creo que todos encontrarán su conexión.

Personas, animales y naturaleza, todo tiene un caos y, juntos, formamos un UNIVERSO.

Ama tu caos, ama tu diferencia, ama lo que te hace único. Y recuerda que, si crees, se crea. El creer y el crear están a una letra de distancia.

Albert

Daniel tiene siete años. Ha perdido una pierna,
pero le gusta mucho el trocito que le queda.

Dibujó en su libreta cómo quería que fuera
cuando se puso enfermo de cáncer y el médico
le dio esa forma cuando se la cortó para curársela.

Desde ese día, tiene un don. Lo que dibuja en esa libreta logra que aparezca en su pierna. Es casi mágico.

Así que cada día se imagina que su trocito de pierna sirve para una cosa diferente.

A veces piensa que es una hélice y vuela por la habitación del hospital, o una cometa y deja que el viento lo lleve hasta las estrellas, e incluso le da forma de globo de helio y hace el pino poniendo voces raras.

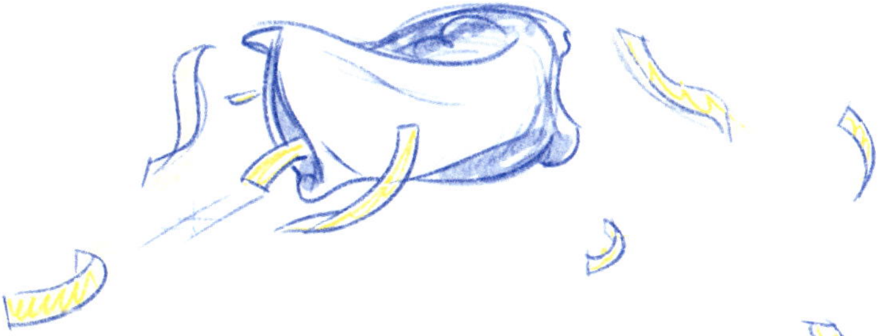

En ocasiones, cuando se enfada, cree
que es una espada y agujerea la almohada,
y todo se llena de plumas y serpentinas.
Y es que su abuela le confeccionó una
vez una almohada llena de colores para
que nunca tuviera pesadillas. Se la lleva
a todas partes, incluso al quirófano,
porque, cuando duerme, siempre
sueña cosas maravillosas.

Es un chico feliz. Aunque estuvo muy enfermo de pequeño, ya casi está curado y se siente único.

Su abuela siempre le decía: «Ama tu caos, ama tu diferencia, ama lo que te hace único». Así que se ama, aunque esté calvito y con un trocito de pierna.

Echa de menos a su abuela. Hace tiempo que no la ve, ni a ella ni a su perrito, que es su mejor amigo. Siempre lo llevaba a todas partes: se ponía debajo de su trocito de pierna y lo acompañaba a toda velocidad. Pero, desde que la abuela está en aquella residencia, el perrito está en otra para animales.

El perrito es un cachorro de san bernardo que se llama Potrolo.

El nombre se lo puso la abuela porque parecía un potro de caballo. Además, tiene dos orejas: una normal, pero la otra muy larga, pero mucho mucho.

El perrito también recuerda que la abuela le decía que tenía que amar su caos, así que ama su diferencia, y la verdad es que no le importa tener esas orejas tan distintas.

Además, el perrito sabe que, con esa oreja única, entiende todo lo que dicen los humanos y hasta puede volar si la agita muy rápido.

La abuela siempre le decía que los dos eran amarillos cascabeles: ser amarillos es ser más que amigos, y eran cascabeles porque, cuando estaban juntos, su felicidad y su corazón resonaban al son de los cascabeles. También les decía que eran cerebros suplementarios porque juntos solucionaban cualquier problema.

La abuela es una mujer muy sabia,
y los dos la echan de menos.

Un día se fue, nadie les explicó por qué.
Ella comenzó a perder la memoria: primero se olvidaba de las cosas grandes, pero con el tiempo se olvidó de que él se llamaba Daniel y de que su perrito se llamaba Potrolo.

Qué enfermedad más rara, que te hace olvidar los nombres de los que amas...

Un día se la llevaron a una residencia para personas que se olvidan de las cosas, pero Daniel sigue sin entenderlo bien porque, al fin y al cabo, hay que amar tu caos, como decía la abuela.

Y ese es el caos de la abuela ahora, lo que la hace única, y deberían cuidarla los que la quieren, todos sus amarillos cascabeles.

Por eso, un día que la echaba mucho de menos, Daniel decidió ir a buscarla sin decírselo a nadie.

Dibujó un altavoz. Su trocito de pierna se convirtió en un bello megáfono y pudo chillar tanto que Potrolo lo oyó. Él también echaba de menos a la abuela.

Se puso a agitar su gran oreja y se escapó de esa residencia para perros sin amo. En unos diez minutos ya estaba delante de la ventana del hospital de Daniel.

Cuando él abrió la ventana,
se abrazaron y se lamieron.

Daniel subió a lomos de Potrolo,
se llevó la almohada llena de serpentinas
y fueron a buscarla. Sabían dónde vivía porque
la visitaron el día que se la llevaron.

Se escaparon a toda velocidad. Potrolo se puso justo debajo del trocito de pierna de Daniel, como si el chico tuviera una pierna en forma de perrito. Le encantaba que lo hiciera.

Los adultos no los vieron, siempre van con prisas y mirando el móvil o hacia el cielo, con una dirección fija.

La abuela siempre decía que los niños miran mucho para fuera y poco para dentro, y los adultos, mucho para dentro y poco para fuera, así que se pierden todo lo que los rodea.

Daniel comenzaba a comprenderla.

De camino a la residencia, les entró mucha hambre, porque las prisas y el hambre no están reñidos.

Daniel sabía que a la gente la ponía muy triste su trocito de pierna. No entendía bien por qué, pero se sentó en el suelo y escribió en un papel: «Dame algo, he perdido una pierna, me la comió un tiburón del tamaño de una jirafa».

Le pareció que daría mucha pena, aunque a él le entró la risa. Además, no era verdad, pero a veces las verdades no son tan divertidas como las cosas que nacen de la imaginación.

Puso el muñón sobre la almohada y parecía una obra de arte.

Potrolo también ayudó y agitó su oreja larga de manera graciosa a su lado mientras aullaba como si pasaran cien ambulancias.

Al rato, casi habían conseguido veinte monedas.

Compraron todas las patatas fritas que pudieron en un bar que tenía muy buena pinta. Tanto a Potrolo como a él les fascinaban las patatas. Eran su pasión.

Casi tenían cincuenta bolsas de patatas, y se comieron mitad y mitad porque los dos eran muy de compartir.

Al final, cuando ya se las habían comido todas, vieron que en otra mesa quedaba una sola patata. Era la última, «la superviviente», como decían siempre, pero aquella era especial.

Se había quedado un poco oscurita y dorada. Su forma era muy bella, muy larga y esbelta para ser una patata frita, y además tenía manchas de kétchup y mayonesa que le daban un estilo único. Imaginaron que la gente no la quiso porque no entendieron que debían amar su caos y su propia diferencia.

Así que decidieron rescatarla. «Hay que respetar a los supervivientes», decía la abuela. Y ellos también lo eran.

Daniel se la metió en el bolsillo de la camisa y se la llevó.

De vez en cuando, Potrolo acercaba el hocico al bolsillo, aunque no para comérsela, sino para saludarla.

Siguieron caminando, pero de pronto se puso a llover a cántaros.

Rápidamente, Daniel dibujó un paraguas enorme, se sentó y su trocito de pierna los cubrió.

Esperaron bastante rato y se tumbaron sobre la almohada para reposar. Pasó mucha gente, pero de nuevo nadie los miró. Son extrañas, las prisas que tiene la gente. «¿Adónde irán?», se preguntaba a veces.

Todos —Potrolo, Daniel y la patata superviviente— estaban muy juntos, cubriéndose de la lluvia.
De repente, vieron una maceta.

Estaba un poco rota. En ella había una plantita pequeña, nada espectacular. No tenía ni muchas hojas ni muchas ramas. Era solo un tronquito con una pequeña rama de la que colgaban pequeñas hojitas violetas que cambiaban de color según lo que sentía.

Les gustó mucho. No entendían que alguien lo hubiera tirado.

Daniel se dio cuenta de que era un helecho de esos que crecen un milímetro al año. Recordaba que se lo había contado su abuelo, y le encantaba porque era igual de calvito que él.

Potrolo fue a buscarlo, lo cogió con la boca
y lo rescató para que no se inundara.

Lo miraron y les pareció muy bello. Tenía un caos especial, seguro que a la abuela le encantaría.

Cuando escampó, continuaron su camino. Pasaron junto a un lago donde muchos niños aprovechaban para tirar piedras y que saltaran sobre el agua.

Cuando Daniel llegó con sus amigos, los chavales se apartaron. Ser diferente siempre trae problemas.

Aunque ser diferente solo depende de cuantos estén a tu lado, aunque la gente no lo entienda.

Daniel recordó que su abuela siempre le hacía buscar la piedra más especial para que volara sobre el agua. Le decía que las más diferentes son las más especiales.

Encontró una pequeñita de dos colores, un poco blanca y un poco negra. Nadie parecía quererla. Tenía forma de media luna.

Daniel la acarició, la lanzó, y fue como si hubiera arrojado una piedra bumerán: surcó el agua a toda velocidad y volvió a su mano, dando la vuelta entera al lago.

Todos sus amigos se quedaron fascinados, y los chavales que se habían apartado comenzaron a buscar una piedra parecida a la suya, pero lo único no abunda.

Daniel, Potrolo, la patata y el tronquito se fueron felices y se llevaron esa piedra tan especial.

Al rato, llegaron al lugar donde vivía la abuela. Era un sitio muy feo. Pensar que estaba allí los entristeció.

No sabían cómo alguien puede dejar allí a un ser querido, porque no cuidan el caos de los que aman.

Vieron que estaba todo cerrado y, además, si llamaban a la puerta, no les harían ni caso. No verían a un niño, un perro, una planta, una piedra y una patata diferentes, no entenderían nada de su caos especial.

No sabían cómo subir hasta el piso donde estaba la abuela. Lo intentaron con Potrolo moviendo la oreja, pero no podía con tanto peso.

Así que Daniel dibujó un cohete en su libreta
y en eso transformó su trocito de pierna.

Todos se abrazaron a él y los lanzó hacia la parte
de arriba del edificio. Subieron en un momento.

Pero, cuando parecía que ya estaban llegando, el cohete-muñón comenzó a fallar. Potrolo movió las dos orejas a la vez, casi podían tocar la ventana de la abuela.

Pero les faltaba un poquito más, así que el helecho calvito se estiró todo lo que pudo y se enganchó en la manija de la ventana que sobresalía del balcón de la abuela.

Y, desde allí, la piedra decidió lanzarse en parábola hacia la ventana y logró romper un trocito minúsculo.

Y por allí se coló la patata acróbata y pudo abrir la ventana.

Y así todos lograron entrar en la habitación de la abuela. Cayeron sobre la almohada mullidita y ninguno se hizo daño.

Daniel sonrió feliz y se dio cuenta de que aquellos amarillos que había encontrado eran los cerebros suplementarios de los que le hablaba la abuela y que, si los escuchabas con atención, sonaban a cascabel.

Recordó entonces lo que le dijo la abuela una vez, una frase que jamás había entendido, pero que en ese momento tenía sentido. Ella decía que los humanos creen en alguien superior que no conocen, pero olvidan cuidar de los animales, los alimentos, los árboles, los niños y la tierra que sí que ven y que quizá son el ser superior que tanto adoran.

Ya lo entendía todo. Daniel sonrió, pero no les contó nada a los demás.

La habitación de la abuela estaba vacía, así que pensaron que la aventura había sido en balde. De repente, oyeron que alguien hablaba. Sentada en un sillón, de espaldas a ellos, estaba la abuela sonriendo. Ni los que han perdido la memoria se olvidan de sonreír.

Y es que, si puedes vivir con una sonrisa, ¿por qué vivir sin ella?

La abuela no paraba de hablar,
aunque no sabían con quién lo hacía.

Se acercaron más y vieron que hablaba con un muñeco bebé que tenía desde que era pequeña. Se llamaba Izan. Era muy viejo, pero la abuela le tenía mucho cariño y siempre lo vestía de los pies a la cabeza con gorrito y hasta peúcos.

La abuela le hablaba como si fuera su bebé. Seguramente, en su cabeza, estaba vivito y coleando.

Imaginaron que la abuela también amaba su caos.

Se quedaron helados cuando vieron que
Izan contestaba a la abuela, tuvieron
que frotarse muchas veces los ojos.

El bebé tartamudeaba un poco,
pero era parte de su caos, un bello caos.

Entonces se dieron cuenta de la compañía que le hacía Izan a la abuela. Había vuelto a convertirla en una persona que tenía a alguien a su cargo, y ella se sentía única, amaba su caos y se encontraba menos sola.

Se acercaron a la abuela, que abrazaba aquel bebé como si fuera su niño.

Se pusieron delante de ella. Los miró. Se dieron cuenta de que no los reconocía, pero les sonrió.

No importaba. Dani le dijo: «Abuela, amo tu caos».

Ella volvió a sonreír y abrazó a Daniel y a Potrolo. Todos se emocionaron.

Luego le enseñaron la patata dorada y alargada, y la abuela dijo: «Es una patata superviviente, es preciosa. No os la comáis, no tenemos que comernos todo lo que hay en este mundo».

Después le presentaron el tronquito de helecho, que le pareció muy bonito: «Solo debes tener una rama porque la abundancia nunca es buena, y crece poco a poco para que la puedas disfrutar eternamente».

Finalmente, vio la piedra de dos colores con forma de media luna y sentenció: «Puede ir y volver hasta América sin tocar el agua. Lo diferente siempre es mágico».

Era curioso, pero, cuando la abuela hablaba con ellos, era como si cobrasen vida.

Les pareció que la patata se movía, se hizo un poquito más esbelta y sonrió. El tronquito lo hizo de forma acompasada: todo su cuerpo y sus hojas cambiaron de color hacia el rojo, como si se sonrojara. Y la piedra comenzó a dar pequeños botes en su mano, como acariciando la palma de la abuela.

Potrolo comenzó a lamer a la abuela. ¡Estaba feliz de verla!, aunque no se acordase de él.

Izan los miró y les dijo tartamudeando:
«¿Venís a llevá-városla? Es muy bu-buena idea».
Su tartamudeo era precioso, un caos magnífico.

«Claro —dijo Daniel—, vamos a recorrer el mundo. Tú también puedes venir. Vamos a buscar gente que sepa que es importante amar tu caos, amar tu diferencia, amar aquello que te hace único. Quizá hayan olvidado que es un gran don que hay que cuidar».

Y todos estuvieron de acuerdo con Daniel.
Supieron que era verdad: todos ellos
eran supervivientes que amaban su caos.

La abuela sonrió. Daniel le puso la almohada de serpentinas sobre la cabeza y fue como si recuperara parte de su memoria. Se le iluminaron los ojos y su energía reapareció al momento. Sonrió como ellos conocían y gritó: «¡Vámonos de aquí, Dani y Potrolo!». Y ellos lloraron de emoción al oír sus nombres.

Y mientras se iban de aquel lugar horrendo, Daniel pensó que, si explicaban su historia, mucha gente no los creería. Pensarían que todo estaba en su cabeza.

Creerían que Daniel seguía en ese hospital imaginándose que su trocito de pierna era mágico.

Que Potrolo continuaba en aquella residencia para perros sin amo, y que era mentira que volaba y podía escuchar a los humanos con su oreja especial.

Que la patata superviviente seguía sola en aquella mesa abandonada y que nadie la rescataría jamás, porque solo era una patatita oscura abandonada que acabaría en la basura.

Que el tronquito se inundaría con aquella lluvia sin que nadie lo quisiese porque era calvo, pequeño y tenía pocas hojas.

Que la piedra de dos colores se hundiría si alguien la cogía alguna vez para jugar, aunque seguramente permanecería en el suelo debido a su fealdad.

Y seguramente también creerían que la abuela hablaba sola en su residencia con un bebé antiguo que tenía el motor roto y que por eso su voz sonaba como un tartamudeo.

Pero Daniel sabía que eso era normal porque mucha gente no ama su caos, no ama lo que la hace única.

Y sobre todo no imagina el mundo interior al que puedes ir siempre que quieras y que te hace único.

Porque no olvidemos que hay gente que no cree en la magia ni en los dones porque nacieron con el corazón doblado.

Son así de olvidadizos y no recuerdan que, si crees en los sueños, ellos se crearán y también te crearán. El creer y el crear están a una letra de distancia.

De repente, Daniel se dio cuenta y pensó que quizá no solo podía cambiar con su libreta la forma de su trocito de pierna, sino hasta el mundo, y que había una manera más rápida de huir de la residencia.

Dibujó en una hoja una nueva isla maravillosa.
Esta se creó al instante y apareció en el mar.
Y allí decidió ir a vivir con todos los que amaban su caos y se sentían solos y separados.

Seguidamente, los dibujó a todos allí, y, al instante, la abuela, el bebé Izan, la patata superviviente, Potrolo, el tronquito de helecho, la piedra de dos colores, la almohada de serpentinas y él estaban felices en esa bella isla.

¡Se sentían únicos!

Eran unos cerebros suplementarios amarillos que sonaban a cascabeles únicos y felices. Ojalá todo el mundo encontrara a sus cascabeles amarillos que los ayudaran a resolver problemas con sus cerebros suplementarios.

Además, todos sabían que aquella no sería su única aventura. Tenían que buscar a otros que amaran su caos y ayudarlos.

Sabían que pronto serían muchísimos más
y que casi no cabrían en la isla.

Pero, si fuera así, Daniel dibujaría
un universo entero nuevo para
todos los que amaran su caos
y su diferencia.

Fin